FRANÇOIS COPPÉE

LES HUMBLES

ÉCRIT PENDANT LE SIÈGE — PLUS DE SANG

PROMENADES ET INTÉRIEURS

PARIS

ALPHONSE LEMERRE, EDITEUR

23-31, PASSAGE CHOISEUL, 23-31

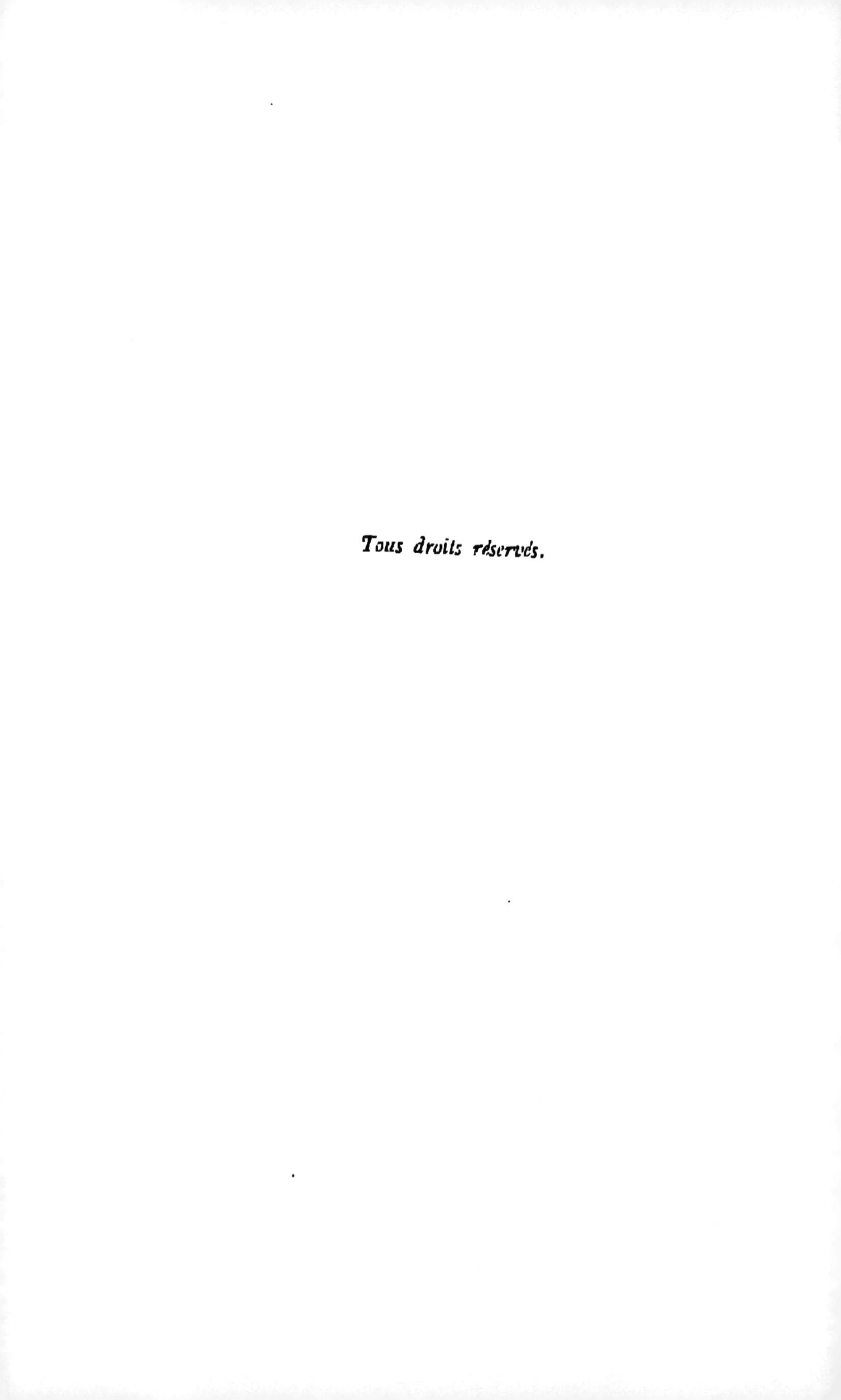

FRANÇOIS COPPÉE

LES HUMBLES

ÉCRIT PENDANT LE SIÈGE — PLUS DE SANG

PROMENADES ET INTÉRIEURS

PARIS

ALPHONSE LEMERRE, ÉDITEUR

23-31, PASSAGE CHOISEUL, 23-31

LES HUMBLES

Et exaltavit humiles.

LA NOURRICE

A mon cher cousin et ami Auguste Baudrit.

I

ELLE était orpheline et servait dans les fermes.
Saint-Martin et Saint-Jean d'été sont les deux termes
Où les gros métayers, au chef-lieu de canton,
Disputant et frappant à terre du bâton,
Viennent, pour la saison, louer des domestiques.
A peine arrivait-elle en ces marchés rustiques,

Qu'un fermier l'embauchait au plus vite, enchanté
Par sa figure franche et sa belle santé;
Et les plus rechignés comme les plus avares
Lui prenaient le menton en lui donnant ses arrhes
Et lui payaient encore un beau jupon tout neuf.
En effet, elle était robuste comme un bœuf,
Exacte comme un coq, probe comme un gendarme.
Sa tête, un peu commune, avait pourtant ce charme
Que donnent des couleurs, deux beaux yeux et vingt ans;
De plus, toujours noués de foulards éclatants,
Ses cheveux se tordaient, noirs, pesants et superbes.
Elle savait filer, coudre, arracher les herbes,
Faire la soupe aux gens et soigner le bétail.
La dernière à son lit, la première au travail,
Aux mille soins du jour empressée et savante,
C'était le type enfin de la bonne servante.

Sage? Qui sait? Mais nul n'en médisait du moins.

Ce n'est que l'autre été, quand on faucha les foins,
Qu'elle fut tout à coup prise d'un goût étrange

Pour un assez beau gars, mauvais batteur en grange,

Qui courait les cafés et vivait de hasards,

Mais qui, sept ans, avait servi dans les hussards.

Tout fier d'avoir porté jadis la sabretache,

Il avait conservé la petite moustache

Et ce certain air fat qui fait qu'on est aimé.

Tout le village était par ce drôle opprimé.

Au bal, c'était toujours pour lui les belles filles;

Au billard, observant le choc savant des billes,

Un cercle d'amateurs éblouis l'entourait.

Elle épousa ce beau tyran de cabaret

Dont aucun paysan n'avait voulu pour gendre

Et qui, lorsque à sa main elle parut prétendre,

Fit bien quelques façons, mais ne refusa pas,

Sachant les louis d'or cachés dans un vieux bas,

Et les rêvant déjà transformés en bouteilles.

Toutes ces unions maudites sont pareilles:

La noce, quelques nuits de brutales amours,

La discorde au ménage au bout de quinze jours,

L'homme se dégageant brusquement de l'étreinte

Pour retourner au vin quand la femme est enceinte,

Les courroux que des mots ne peuvent apaiser,
Et le premier soufflet près du premier baiser.
Puis la misère.

Ici l'événement fut pire.
Ce fainéant avait des instincts de vampire.
Ce monstre, le jour même où sa femme accoucha,
— L'huissier ayant saisi le ménage, — chercha
Le moyen d'exploiter encore sa femelle;
Et, quand il vit son fils mordant à la mamelle,
Il se frotta les mains. Chose horrible! il fallut,
Pour sauver le vieux toit, la vache et le bahut,
Que la mère quittât son pays, sa chaumière,
Son enfant, les yeux clos encore à la lumière,
Et qui, dans son berceau, gémissait, l'innocent!
Qu'elle vendît, hélas! son lait, plus que son sang,
Et que, le front courbé par cet acte servile,
Douloureuse, elle prît le chemin de la ville.
— Elle avait bien d'abord refusé de partir;
Mais son homme montrait un réel repentir;
Il pleurait; il avait juré de ne plus boire.

L'hypocrite disait, — un père! on peut le croire : —
« Plus un seul coup de vin ! Quant au petit patron,
Je m'en vais, dès demain, le mettre au biberon,
Et si Monsieur n'est pas content de la cuisine,
Est-ce pour son seul fils que Jeanne, la voisine,
A deux seins ? L'un des deux sera pour ton petit. »

Et, la mort dans le cœur, la nourrice partit.

II

Oh ! dans le noir wagon l'horrible nuit passée !
Sur le dur banc de bois, dans un coin affaissée,
Comme elle médita sur son sort anormal !
Ses pauvres seins gonflés de lait lui faisaient mal.
Et là-bas, son enfant, éveillé dans sa couche,
Réclamait à grands cris et cherchait de la bouche
Ce giron où l'on boit la vie avec le lait,
Premier asile humain duquel on l'exilait.

C'est ainsi qu'elle dut passer la nuit entière,
Tout en larmes, mettant la tête à la portière
Et buvant à longs traits l'air glacé du ciel noir,
Un peu pour se cacher, beaucoup pour ne pas voir,
En face d'elle assis, pleins de vin et de vice,
Un groupe de soldats revenant du service
Et qui, par sa présence honnête mis en train,
Vociféraient en chœur un immonde refrain :
Le tout puant le cuir, le rhum et le cigare.

À Paris, un laquais l'attendait à la gare.
— Un coupé qu'emportait un cheval très fringant
La conduisit devant un perron élégant
Où les autres laquais dirent : « C'est la nourrice. »
Dans une chambre mauve, adorable caprice
De blonde, elle aperçut un berceau près d'un lit ;
Et devant cet heureux spectacle elle pâlit.
En voyant cette jeune et jolie accouchée,
Blanche, et sur le berceau de dentelle penchée,
Devant ce doux sommeil d'enfant s'extasier,
Elle crut voir le sien dans son berceau d'osier,

Pleurant auprès du lit d'un père sans vergogne
Qui n'entend pas et dort son lourd sommeil d'ivrogne.

Elle prit le petit, qui but avidement.
La mère souriait. — Le père, en ce moment,
Survint et fit la moue en sentant l'atmosphère
De la chambre. — Il sortait... pour cette grosse affaire !
Des dossiers sous le bras, en noir, un air subtil.
« Ah ! voici cette femme. Elle est fort bien, dit-il.
Mariée? — Il paraît. — Et son pays?—Normande,
Près de Caen. — Permettez, chère, cette demande :
Le docteur n'est-il pas pour celles du Midi?
— Croyez-vous? » Puis, riant de son rire étourdi,
La mère dit : « Pour peu que cela vous convienne,
Elle est brune, je vais la mettre en Arlésienne.
Le costume est joli ; puis c'est la mode au Bois. »
Le père eut un léger sarcasme dans la voix,
Et, s'en allant : « Fort bien. Amusez-vous, ma chère. »

Comme elle sentait bien qu'elle était étrangère
Et qu'elle allait souffrir dans ce monde nouveau !

Son nourrisson n'était ni bien portant ni beau.
C'était un pâle enfant, pauvre vie éphémère!
Pauvre front condamné! C'est au bal que sa mère,
Dans une valse, avait reconnu son état.
Dépitée, il fallut bien qu'elle s'arrêtât,
En songeant: « Quel ennui, huit longs mois de sagesse! »
Et quand vint le moment d'avouer sa grossesse,
L'homme — la Bourse avait baissé probablement —
Ne trouva tout d'abord qu'un mot suspect: « Vraiment! »
Mais, rempli d'à-propos, comme un joueur qui triche,
Il s'attendrit bientôt, sa femme étant très riche.

III

Or la nourrice, ayant sans cesse l'embarras
De l'enfant qui criait faiblement dans ses bras
Et lui mordait le sein de ses lèvres avides,
Errait seule parmi les appartements vides,

Et, rustique au milieu du luxe des salons,
Comptait les jours d'exil qui lui semblaient si longs.
Triste foyer! La mère était toujours en course,
Le père était au cercle, au Palais, à la Bourse;
Et, quant à leur enfant, ils ne le voyaient pas,
Sauf quelquefois, le soir, à l'heure des repas,
Où le chef de maison, par pure bonté d'âme,
S'écriait: « Votre fils est fort joli, madame! »
Puis, époux plein d'égards et sachant ce qu'il doit,
Il riait au petit et lui donnait son doigt.
Mais Madame bâillait, n'étant pas satisfaite
D'une robe apportée alors pour quelque fête,
Et, jugeant qu'on avait assez de l'avorton,
Disait : « Il se fait tard. Allez coucher Gaston. »

Qu'importaient cependant à la pauvre nourrice
L'abandon désolant, la maison corruptrice,
Ce faible enfant malade et refusant son lait,
Les habits d'opéra-comique qu'il fallait,
Par les jours de soleil, montrer aux Tuileries,
Les repas à l'office et les plaisanteries

De la femme de chambre et des valets railleurs?
Pauvre mère! son âme était toujours ailleurs;
Toujours elle suivait — hélas! par la pensée —
Sa lettre, la dernière au pays adressée,
La réponse si lente et venant de si loin;
Et puis elle courait chez l'écrivain du coin
Dont l'enseigne, chef-d'œuvre affreux de calligraphe,
Présente un Béranger tracé d'un seul paraphe.
Enfin on répondait : « L'enfant se porte bien;
Il profite, il grandit, il ne manque de rien.
Mais il faut de l'argent. L'huissier gronde et réclame. »
Elle baisait la lettre, et, le bonheur dans l'âme,
A l'époux qui mentait — dévouement incompris —
De son dur esclavage elle envoyait le prix.

IV

L'hiver revint, joyeux : grands dîners, bals, théâtres.
Le nourrisson avait des toux opiniâtres,

Et sous son front ridé brillaient ses yeux trop grands;
Bref, le pauvre chétif, un soir que ses parents
Étaient allés bâiller à quelque opéra bouffe,
Eut un de ces accès trop longs dont on étouffe;
Sa nourrice le vit expirer sur son sein;
Puis la mère en rentrant trouva le médecin
Penché sur le petit cadavre déjà roide,
Et, confuse, ayant peur de paraître trop froide,
Fit, pour pleurer beaucoup, des efforts inouïs.

Congédiée alors avec quelques louis
Et l'esprit inquiet de cette mort subite,
La nourrice voulut revenir au plus vite
Au fils qu'elle pouvait allaiter aujourd'hui,
A l'enfant campagnard, qui se portait bien, lui!
Oh! le voyage heureux que l'Espérance abrège!
Que lui font le ciel gris, les champs vêtus de neige,
Et, là-bas, les bois noirs où volent les corbeaux?
Tout, les arbres, les champs, le ciel, lui semblent beaux.
Le pays est plus près, le lieu d'exil recule.
Dans un instant, sur la rougeur du crépuscule,

Ses yeux mouillés de pleurs verront se détacher
La silhouette mince et noire du clocher.
C'est le terme à présent de sa longue souffrance.
Elle va voir son fils! — Enfin, ô délivrance!
Le train s'arrête avec ses rudes chocs de fer.

Mais pourquoi donc est-il si froid, ce soir d'hiver?
Pourquoi le vent du Nord gémit-il dans les branches?
Pourquoi donc les fossés des mornes routes blanches,
Noirs et béants, sont-ils pleins d'une horreur sans nom?
Pourquoi toutes ces voix qui semblent dire: Non,
Parmi ces tourbillons siffleurs de feuilles mortes?
Pourquoi ces hurlements de gros chiens sous les portes?
Pourquoi ce cher pays, aimé de tant d'amour,
Fait-il donc cet accueil hostile à ce retour?

La voilà cependant au bout de son voyage.
La nuit tombe. Tout est désert dans le village.
L'église au vieux portail dans la brume apparaît;
Et près de là, voici le houx du cabaret
D'où sort, vibrante et claire, une chanson bachique.

— Soudain la voyageuse a fait halte, tragique,
Bouche béante et comme allant pousser un cri.
Car cette voix, c'est bien celle de son mari ;
Cette ombre profilée en noir sur les fenêtres,
C'est la sienne. Il avait donc menti dans ses lettres ;
Il est toujours le même ; elle avait bien raison ;
Il boit, et le petit est seul à la maison.
Le cerveau traversé d'une affreuse lumière,
Éperdue, elle court en hâte à sa chaumière.
La porte est entr'ouverte, elle entre. — Qu'il fait noir !
Du feu ! bien vite. — Et la malheureuse put voir,
Dans la chambre à présent sordide et démeublée,
Le reste du repas de l'ivresse attablée,
Le jambon qu'il mangea, la bouteille qu'il but,
Et, dans l'ombre, parmi les choses de rebut,
Sale, brisé, couvert de toiles d'araignée,
— Objet horrible aux yeux d'une mère indignée
Et qu'on avait jeté dans ce coin sans remord, —
L'humble berceau d'osier du petit enfant mort.

Elle tomba. C'était la fin du sacrifice.

V

Et depuis lors, on voit, à Caen, dans un hospice,
Tenant fixes sur vous ses yeux secs et brûlants,
Une femme encor jeune avec des cheveux blancs,
Qui cherche de la main sa mamelle livide
Et balance toujours du pied un berceau vide.

LE PETIT EPICIER

C'était un tout petit épicier de Montrouge,
Et sa boutique sombre, aux volets peints en rouge,
Exhalait une odeur fade sur le trottoir.
On le voyait debout derrière son comptoir,
En tablier, cassant du sucre avec méthode.
Tous les huit jours, sa vie avait pour épisode
Le bruit d'un camion apportant des tonneaux
De harengs saurs ou bien des caisses de pruneaux;

Et, le reste du temps, c'était dans sa boutique
Un calme rarement troublé par la pratique,
Servante de rentier ou femme d'artisan,
Logeant dans ce faubourg à demi paysan.
Ce petit homme roux, aux pâleurs maladives,
Était triste, faisant des affaires chétives
Et, comme on dit, ayant grand'peine à vivoter.
Son histoire pouvait vite se raconter.
Il était de Soissons, et son humble famille,
Le voyant à quinze ans faible comme une fille,
Voulut lui faire apprendre un commerce à Paris.
Un cousin, épicier lui-même, l'avait pris,
Lui donnant le logis avec la nourriture ;
Et, malgré la cousine, épouse avare et dure,
Aux mystères de l'art il put l'initier.
Il avait ce qu'il faut pour un bon épicier :
Il était ponctuel, sobre, chaste, économe.
Son patron l'estimait, et, quand ce fut un homme,
Voulant récompenser ses mérites profonds,
Il lui fit prendre femme et lui vendit son fonds.

« Quand on trouve un garçon pareil, il faut qu'on l'aide, »
Disait-il.

La future était aisée et laide,
Mais ce naïf resta devant elle tremblant ;
Et quand il l'amena, blonde en costume blanc,
La boutique aux murs noirs lui parut toute neuve.
Or sa mère, depuis quelques mois, était veuve.
Vite il l'alla chercher et lui dit, triomphant :

« Viens donc, tu berceras notre premier enfant. »

C'était déjà son rêve, à cet homme, être père !
Mais il ne devait pas durer, le temps prospère :
Sa femme n'aimait pas le commerce ; elle était
Hargneuse, lymphatique et froide ; elle restait
A l'écart et passait des heures dans sa chambre.
De sa boutique ouverte au vent froid de décembre,
Lui ne pouvait bouger, mais ne se plaignait pas ;
Car sa mère, en bonnet et tricotant des bas,

Était là, toute fière et de son fils et d'elle,
Tandis qu'il débitait le beurre et la chandelle.
Donc il était encor satisfait comme ça.
Mais, dans un mauvais jour, sa femme s'offensa
De ce qu'il ne fût pas seul comme elle, et l'épouse
— Vieille histoire — devint de la mère jalouse.
Celle-ci comprit tout :

                    « Mon enfant, j'avais cru,
Lui dit-elle, pouvoir bien vivre avec ma bru,
Mais, à la fin, il faut que je le reconnaisse,
Je la gêne et ne puis plaire à cette jeunesse.
Je retourne à Soissons, vois-tu, cela vaut mieux. »

Elle dit, de l'air doux et résigné des vieux,
Et partit, sans pleurer, mais affreusement triste.
Hélas ! il n'avait pas ce qui fait qu'on résiste.
Il consentit, devint plus morose qu'avant
Et pria, tous les soirs, pour avoir un enfant.
Car c'était là son but, décidément. Ce rêve,
Cet instinct, ce besoin le poursuivait sans trêve.

Il n'avait qu'un désir, il n'avait qu'un espoir :
Être père! c'était son idéal. — Le soir,
Quand un noir ouvrier, portant un enfant rose,
Entrait dans la boutique acheter quelque chose,
Soudain il se sentait plein d'attendrissement.

Mais les ans ont passé, lentement, lentement.
Il comprend aujourd'hui que ce n'est pas possible ;
Il partage le lit d'une femme insensible,
Et tous les deux ils ont froid au cœur, froid aux pieds.
— Ah! les rêves aussi durement expiés
Allument à la longue un désespoir qui couve!
Cet homme est fatigué de l'existence. Il trouve
— Où de pareils dégoûts vont-ils donc se nicher? —
La colle et le fromage ignobles à toucher.
Il hait le vent coulis qui souffle de la rue,
Il ne peut plus sentir l'odeur de la morue,
Et ses doigts crevassés, maudissant leur destin,
Ont trop froid au contact des entonnoirs d'étain!

Pourtant il brille encore un rayon dans cette ombre.

Derrière son comptoir, seul, debout, le cœur sombre,
Quand il casse du sucre avec férocité,
Parfois entre un enfant, un doux blondin, tenté
Par les trésors poudreux du petit étalage.
Dans la naïveté du désir et de l'âge,
Il montre d'une main le bonbon alléchant
Et de l'autre il présente un sou noir au marchand.
L'homme alors est heureux plus qu'on ne peut le dire
Et, tout en souriant, — s'ils voyaient ce sourire,
Les autres épiciers le prendraient pour un fou, —
Il donne le bonbon et refuse le sou.

Mais aussi, ces jours-là, sa tristesse est plus douce;
S'il lui vient un dégoût coupable, il le repousse;
Il rêve, il croit revoir sa mère qui partit,
Soissons, et le bon temps, quand il était petit.
Le pauvre être pardonne, il s'apaise, il oublie,
Et, lent, casse son sucre avec mélancolie.

UN FILS

I

Quand ils vinrent louer deux chambres au cinquième,
Le portier, d'un coup d'œil plein d'un mépris suprême,
Comprit tout et conclut : « C'est des petites gens. »
Le garçonnet, avec ses yeux intelligents,
Était gai d'être en deuil, car sa veste était neuve.
Vieille à trente ans, sa mère, une timide veuve,

Sous ses longs voiles noirs cachait ses yeux rougis ;
Et quand on apporta dans ce pauvre logis
Leur mobilier, — il faut que du terme il réponde, —
Le portier s'assombrit : « C'est du tout petit monde, »
Pensa-t-il. Néanmoins, leur humble logement
Étant payé le huit très régulièrement,
Il corrigea son mot : « Du petit monde honnête. »
Mais quand il sut l'instant de leur coup de sonnette,
Il ne se pressa plus pour tirer le cordon,
— Par dignité ! — La veuve avait pourtant bon ton,
Et, pour vivre, courait les leçons de solfège.
A l'heure où son cher fils revenait du collège,
Elle était de retour et faisait le dîner.
Le dimanche, ils allaient souvent se promener
Ensemble au Luxembourg, donnaient du pain aux cygnes
Et revenaient. C'était de ces misères dignes
Et qui, lorsqu'on leur veut montrer de l'intérêt,
Ont un pâle sourire et gardent leur secret.
Ils plurent aux voisins. D'abord froide, la loge
Désarma. Le concierge eut quelques mots d'éloge ;
Et quand, six ans plus tard, un soir, il eut appris

Que le jeune homme avait obtenu tous les prix,
Ce père, ému par tant de courage et de zèle,
Rêva ceci : « Plus tard?... Pour notre demoiselle?... »

Or, ce jour-là, tandis que le rhétoricien,
Radieux de l'orgueil de sa mère et du sien,
Pour la vingtième fois lui montrait son trophée
Et l'embrassait au point qu'elle était étouffée,
Lui parlant à genoux ainsi qu'un amoureux
Et lui disant : « Maman, que nous sommes heureux! »
Elle prit les deux mains de son fils dans les siennes
Et, tout à coup, laissant les douleurs anciennes
Toutes en même temps s'échapper de son cœur,
A ce naïf, à cet heureux, à ce vainqueur,
Elle livra le mot de la science amère.

Il apprit qu'il n'avait que le nom de sa mère
Et qu'elle n'était pas veuve aux yeux de la loi.
Elle gagnait sa vie à vingt ans. Mais pourquoi
Laisser aller ainsi, seule, une jeune fille?
La maîtresse de chant et le fils de famille :

Un drame très banal. Le coupable était mort
Brusquement, sans avoir pu réparer son tort;
Elle eût voulu le suivre en ce moment funeste,
Mais elle avait un fils: — « Un fils! tu sais le reste.
Voilà, depuis seize ans, mon désespoir profond.
Je n'ai plus de santé, mes pauvres yeux s'en vont,
Tu n'as pas de métier et nous avons des dettes. »

L'enfant avait rêvé gloire, sabre, épaulettes,
Un avenir doré, les honneurs les plus grands.
A présent, il voulait gagner douze cents francs.
Il consola sa mère, il parla comme on prie :
« Tu sais. Nous connaissons quelqu'un à la mairie,
Il me fera nommer; c'est un chef de bureau.
Ah! pourvu qu'à vingt ans j'aie un bon numéro!
Mais oui, j'ai de la chance au jeu. Ne sois pas triste.
Puis ce n'est pas pour rien que je suis un artiste,
Et que je sais un peu jouer du violon.
On peut faire un métier du talent de salon.
Je me sens un courage indomptable dans l'âme;
Tu verras. Mais ris donc, maman. D'abord, madame,

Je ne serai content que quand vous aurez ri. »

La pauvre heureuse mère! Un sourire attendri
Éclaira, fugitif, sa figure chagrine.
Puis, tendre, elle attira son fils sur sa poitrine,
Et, le serrant bien fort, elle pleura longtemps.

Le soir, quand il fut seul, l'enfant de dix-sept ans,
En rangeant, à côté des autres, sur leurs planches,
Ses livres gaufrés d'or et tout dorés sur tranches,
A ses rêves d'hier pour toujours dit adieu.
Comme il l'avait prévu, d'ailleurs, le reste eut lieu.
Un emploi très modeste occupa sa journée;
Et la bonne moitié de sa nuit fut donnée
A racler des couplets dans un café-concert;
Car il avait raison, et, pour vivre, tout sert.
Mais, du jour où l'enfant accepta la bataille,
Il cessa tout à coup de grandir; et sa taille
Resta petite ainsi que son ambition.

Quand le portier connut cette décision,

Offensé dans ses goûts d'homme aristocratique,
Il ne put retenir quelques mots de critique :
« Ces gens de peu, dit-il, ont des instincts trop bas.
Ils voudraient s'élever, mais ils ne peuvent pas.
Ce jeune homme pourtant donnait quelque espérance,
C'est certain. Mais voilà ! pas de persévérance.
Et dire que jadis mon épouse estima
Qu'il pourrait convenir un jour à notre Emma !
Je souris quand je songe à ce projet folâtre.
D'ailleurs nous destinons notre fille au théâtre. »

II

Et le bon fils connut le spleen dans un bureau,
Le long regard d'envie à travers le carreau
Sur le libre flâneur qui se promène et fume,
L'infecte odeur du poêle à qui l'on s'accoutume,
Mais qui vous fait pourtant tousser tous les matins,

Le journal commenté longuement, les festins
De petits pains de seigle et de charcuterie,
Le calembour stupide et dont il faut qu'on rie,
L'entretien très vulgaire avec le sentiment
De chacun sur les chefs et sur l'avancement,
Le travail monotone, ennuyeux et futile,
Le dégoût de sentir qu'on est un inutile,
Et, pour moment unique où l'on respire enfin,
Le lent retour, d'un pas affaibli par la faim
Que doit mal apaiser un dîner toujours maigre.
— En vieillissant, sa mère était devenue aigre.
Son long chagrin, souffert avec tant de vertu,
— Il faut bien l'avouer, — trop longtemps s'était tu :
Le cœur subit deux fois les douleurs qu'il faut taire.
De plus elle allait mal. Enfin son caractère,
Même à ce fils chéri, paraissait bien changé.
Le repas était donc par lui-même abrégé;
Il souffrait trop alors, pour lui comme pour elle,
De la voir agiter quelque vaine querelle,
Et toujours, le plus tôt possible, il s'en allait.
— A cette heure, au surplus, son devoir l'appelait

3.

Dans le petit café-concert de la barrière,
Où chaque soir, tenant son violon, derrière
Un pianiste, chef d'orchestre sans bâton,
Et non loin d'un troupier soufflant dans un piston,
Il écoutait, distrait, et sans les trouver drôles,
La chanteuse fardée et montrant ses épaules,
Le baryton barbu gêné dans ses gants blancs,
Et le pitre aux genoux rapprochés et tremblants,
En grand faux col, faisant des grimaces atroces
Et contant au public charmé sa nuit de noces.
Vers minuit seulement, enfin il se levait,
Rentrait, ouvrait parfois ses livres de chevet.
Mais, de lire n'ayant même plus l'énergie,
Il se couchait, afin d'épargner la bougie.

Cela dura cinq ans, dix ans, quinze ans. Hélas!
Quinze fois, quand revint la saison des lilas,
Dans la rue, il put voir, par les soirs de dimanches,
Les fillettes du peuple, en fraîches robes blanches,
Près du trottoir où sont les pères indulgents,
Jouer à la raquette avec les jeunes gens,

Tandis qu'il s'éloignait, toujours seul, le timide.
Il ne passa jamais devant la pyramide
Des bols à punch ornant le comptoir d'un café,
Où souvent il avait, au passage, observé
De vieux garçons, amis des voluptés sans fièvres,
Brassant les dominos, la pipe entre les lèvres,
Qui s'appelaient « Mon vieux » et caressaient leur chien.
Il enviait leur sort, car tel était le sien :
Gagner le pain du jour et le terme au trimestre.
Dans les commencements qu'il fut à son orchestre,
Une chanteuse blonde et phthisique à moitié
Sur lui laissa tomber un regard de pitié ;
Mais il baissait les yeux quand elle entrait en scène.
Puis, peu de temps après, elle passa la Seine
Et mourut, toute jeune, en plein quartier Bréda.
A vrai dire, il l'avait presque aimée, et garda
Le dégoût d'avoir vu — chose bien naturelle —
Les acteurs embrassés et tutoyés par elle ;
Et son métier lui fut plus pénible qu'avant.

III

Or l'état de sa mère allait en s'aggravant.
Une nuit vint la mort, triste comme la vie ;
Et, quand à son dernier logis il l'eut suivie,
En grand deuil et traînant le cortège obligé
Des collègues heureux de ce jour de congé,
Il rentra dans sa chambre et songea, solitaire.
Il se vit sans amis, pauvre, célibataire,
Vieil enfant étonné d'avoir des cheveux gris ;
Il sentit que son âme et son corps avaient pris,
Depuis vingt ans, la lente et puissante habitude
De l'ennui, du silence et de la solitude ;
Qu'il n'avait prononcé qu'un mot d'amour : « Maman, »
Et qu'il n'espérait plus que son simple roman
Pût s'augmenter jamais d'un plus tendre chapitre.
— Le jour à son bureau, le soir à son pupitre,

Il revint donc s'asseoir, résigné, mais vaincu;
Et, libre, il vit ainsi qu'esclave il a vécu.
Même dans la maison qu'il habite, personne
Ne songe qu'il existe, et, la nuit, quand il sonne,
Le vieux portier — il a soixante-dix-sept ans
Et perd la notion des choses et du temps —
Se réveille, maussade, et murmure en son antre :
« C'est le petit garçon du cinquième qui rentre. »

PETITS BOURGEOIS

Je n'ai jamais compris l'ambition. Je pense
Que l'homme simple trouve en lui sa récompense,
Et le modeste sort dont je suis envieux,
Si je travaille bien et si je deviens vieux,
Sans que mon cœur de luxe ou de gloire s'affame,
C'est celui d'un vieil homme avec sa vieille femme,
Aujourd'hui bons rentiers, hier petits marchands,
Retirés tout au bout du faubourg, près des champs.

Oui, cette vie intime est digne du poète.
Voyez : le toit pointu porte une girouette,
Les roses sentent bon dans leurs carrés de buis
Et l'ornement de fer fait bien sur le vieux puits.
Près du seuil dont les trois degrés forment terrasse,
Un paisible chien noir, qui n'est guère de race,
Au soleil de midi, dort couché sur le flanc.
Le maître, en vieux chapeau de paille, en habit blanc,
Avec un sécateur qui lui sort de la poche,
Marche dans le sentier principal et s'approche
Quelquefois d'un certain rosier de sa façon
Pour le débarrasser d'un gros colimaçon.
Sous le bosquet, sa femme est à l'ombre et tricote ;
Auprès d'elle, le chat joue avec la pelote.
La treille est faite avec des cercles de tonneaux,
Et sur le sable fin sautillent les moineaux.
Par la porte, on peut voir, dans la maison commode,
Un vieux salon meublé selon l'ancienne mode,
Même quelques détails vaguement aperçus :
Une pendule avec Napoléon dessus
Et des têtes de sphinx à tous les bras de chaise.

Mais ne souriez pas. Car on doit être à l'aise,
Heureux du jour présent et sûr du lendemain,
Dans ce logis de sage observé du chemin.
Là sont des gens de bien, sans regret, sans envie,
Et qui font comme ont fait leurs pères. Dans leur vie
Tout est patriarcal et traditionnel.
Ils mettent de côté la bûche de Noël,
Ils songent à l'avance aux lessives futures
Et, vers le temps des fruits, ils font des confitures.
Ils boivent du cassis, innocente liqueur !
Et chez eux tout est vieux, tout, excepté le cœur.
Ont-ils tort, après tout, de trouver nécessaires
Le premier jour de l'an et les anniversaires,
D'observer le Carême et de tirer les Rois,
De faire, quand il tonne, un grand signe de croix,
D'être heureux que la fleur embaume et l'herbe croisse,
Et de rendre le pain bénit à leur paroisse ?
— Ceux-là seuls ont raison qui, dans ce monde-ci,
Calmes et dédaigneux du hasard, ont choisi
Les douces voluptés que l'habitude engendre. —
Chaque dimanche, ils ont leur fille avec leur gendre ;

Le jardinet s'emplit du rire des enfants,
Et, bien que les après-midi soient étouffants,
L'on puise et l'on arrose, et la journée est courte.
Puis, quand le pâtissier survient avec la tourte,
On s'attable au jardin, déjà moins échauffé,
Et la lune se lève au moment du café.
Quand le petit garçon s'endort, on le secoue,
Et tous s'en vont alors, baisés sur chaque joue,
Monter dans l'omnibus voisin, contents et las,
Et chargés de bouquets énormes de lilas.

— Merci bien, bonnes gens, merci bien, maisonnette,
Pour m'avoir, l'autre jour, donné ce rêve honnête,
Qu'en m'éloignant de vous mon esprit prolongeait
Avec la jouissance exquise du projet.

EN PROVINCE

A ma sœur Madame Sophie Lafaye.

I

La petite maison à mine sépulcrale,
Noire et basse, en plein nord, près de la cathédrale,
Quand j'avais visité la ville, m'avait plu
Par son air clérical, discret et vermoulu.
L'espalier de la porte avec ses quelques roses
Qui, pâles, se mouraient le long des murs moroses,

Le pignon au vieux toit de tuile surplombant
Les trois degrés du seuil, le trottoir et le banc
Placé là tout exprès pour que le pauvre y dorme,
L'ombre que sur le tout jetait l'église énorme,
La rue où le gazon verdissait les pavés,
Ces détails, plus complets qu'on ne les eût rêvés,
Me prouvaient qu'il fallait en effet que je vinsse
Pour voir cette maison dans ce coin de province.

Causant de ce logis à des voisins, j'appris
Qu'il était habité, moyennant un bas prix
Et depuis fort longtemps, par une vieille fille
Extrêmement dévote et d'ancienne famille.
Or, étant un flâneur, et passant très souvent
Devant cette maison au parfum de couvent,
— N'allez pas croire au moins qu'à dessein je le fisse, —
Vers midi, c'est-à-dire une heure après l'office,
Tous les jours, excepté les dimanches, je vis,
A cet angle que fait la place du parvis
Avec la vieille rue en question, paraître
Et venir lentement un grand et maigre prêtre,

En tricorne, portant son gros livre à fermoir,
Proprement recouvert d'un morceau de drap noir.
Il s'approchait, pensif, de la vieille masure,
Mais avec l'air tranquille et la démarche sûre
Qu'on a lorsqu'on se livre à des soins réguliers.
Il s'arrêtait au seuil, grattait ses lourds souliers,
Frappait un petit coup qu'on entendait à peine,
Et, vif, dès que la gâche avait jailli du pêne,
Entrait et refermait doucement après lui.
J'étais seul en province et m'ennuyais. L'ennui
Rend maussade et vous fait céder aux injustices;
Et voici que déjà, sur ces faibles indices,
J'avais un roman noir et bête tout trouvé :
Une dévote avare, un testament couvé,
Des parents sur la paille, enfin toutes les suites
D'une menée affreuse et sourde de jésuites.
On devient quelquefois un voltairien fieffé
Pour un rien, pour avoir lu le *Siècle* au café ;
Et, comme il est toujours pénible de se taire
Quand on pense tenir la moitié d'un mystère,
Je m'informai. — Ce fut bien fait pour moi, vraiment,

Qui rêvais d'appeler un juste châtiment
Sur quelque tortueuse et sombre stratégie ;
Car on ne me conta qu'une simple élégie
Dont il me fallut être ému, bon gré mal gré.

II

Au retour des Bourbons, un vieux noble émigré
Vint, ainsi que le fait un homme qui s'installe,
Louer cette maison dans sa ville natale.
Railleur et n'ayant plus les antiques respects,
Il ne s'était enfui que lorsque les suspects
Furent enfin inscrits sur la fameuse liste.
Car il était resté très ardent royaliste
Et partisan fougueux des orgueils du vieux temps.
Quand il revint avec une enfant de huit ans,
La fille de son fils, hélas ! une orpheline,
Ce fut triste. — Il était sans laquais ni berline,

Seul, à pied et portant ce fardeau sur les bras.
Mais, sceptique, il avait prévu les rois ingrats,
Et, décemment râpé, sans misère apparente,
Il vécut, dans un coin, d'une petite rente,
Écrivant, par loisir, un traité de blason.
Il avait justement choisi cette maison,
Parce que, d'un côté, triste, inhospitalière,
Avec ses murs verdis et son toit noir de lierre,
Elle convenait fort à son âpre dédain,
Et qu'elle avait, derrière, un carré de jardin
Où, sous un frêle arceau de jaunes capucines,
Dérobée aux regards des fenêtres voisines,
L'enfant pouvait jouer au soleil, dans les fleurs.

Comme il n'espérait pas revoir des jours meilleurs ;
Que son nom, nom fameux, vieux comme la bannière
De saint Denis, c'était cette enfant, la dernière,
Qui devait, fille pauvre et sans dot, le porter ;
Qu'une mésalliance était à redouter ;
Pour elle cet athée avait rêvé le cloître.
Aussi souriait-il, plus calme, en sentant croître

Dans ce cœur virginal le lys pur de la foi.
D'autre part, il aimait son fauteuil, son chez soi,
Trouvait l'office long et l'église glacée ;
Et l'unique servante était bien trop pressée
Pour conduire l'enfant pieuse qui voulut
Bientôt entendre messe, et vêpres, et salut.
— A cette époque-là, venait chez ce vieux noble
Qui possédait encor quelques champs, un vignoble
Près d'une métairie, à l'ombre des pommiers,
Un garçon de seize ans, le fils de ses fermiers,
Qui, jugé trop chétif pour la vie ordinaire
De la campagne, était élève au séminaire.
Un beau jour, ce petit paysan fut chargé
Par l'aïeul, le dimanche étant jour de congé,
De se rendre à l'église avec la demoiselle
Et de la ramener après cela chez elle.
On l'en récompensait par sa place aux repas
Et par l'accueil. C'était tout simple, n'est-ce pas ?
Cet humble protégé, collégien rustique,
Pouvait, à la rigueur, servir de domestique,
Bien que, pour être prêtre, il apprît le latin.

— Depuis lors, les enfants, le dimanche matin,
Côte à côte, et prenant toujours la même place
Sous le vitrail en feu de la grande rosace,
S'asseyaient dans la nef profonde et priaient Dieu.
La petite fillette était vouée au bleu,
Toilette qui sied bien aux couleurs enfantines,
Et tous ses vêtements, chapeau, robe et bottines,
Comme son âme, étaient de la couleur du ciel.
Quant au pauvre garçon, le noir officiel
Et les habits de drap, à coupe droite et triste,
Pouvaient lui donner l'air un peu séminariste ;
Mais, chez les bonnes gens qui prenaient le chemin
De l'église et voyaient, se tenant par la main,
Passer les deux enfants avec leurs eucologes,
C'étaient des hochements de tête et des éloges
De leurs regards brillants de douce piété.
Seulement ils étaient d'une timidité
Extrême et rougissaient beaucoup quand, sur leur route,
Un passant, étranger à la ville sans doute,
Parlait d'eux, les prenant pour le frère et la sœur.
L'un et l'autre, ils goûtaient vaguement la douceur

Pénétrante que donne à l'habitude prise
La province, où la vie est monotone et grise.
Pour la triste orpheline et l'écolier captif,
Chaque dimanche était un moment fugitif
Fait de calme harmonie et de parfums de fête,
Où, vibrantes de foi candide et satisfaite,
Leurs deux voix se mêlaient dans tout ce qu'il y a
D'allégresse à chanter les blancs *Alleluia*.
Ils se sentaient égaux devant Dieu. La prière
Entre eux avait détruit à jamais la barrière
Qui, pour la loi du monde, encor les séparait ;
Et leurs deux cœurs s'étaient réunis en secret
Par un de ces liens qui toujours se resserrent.

III

Naïfs, ils grandissaient, et cinq ans se passèrent
Sans que rien fût changé du train habituel.

Tout en or, tout en noir, selon le rituel,
Et lançant vers le ciel son chant mélancolique
Ou son cri triomphal, la pompe catholique,
Seule, pendant cinq ans, charma leurs cœurs nouveaux.
Les marguilliers, les gens d'église, les dévots
Qui font la révérence à toutes les chapelles,
Chérissaient comme leurs ces deux enfants modèles
Qui jouissaient près d'eux, sans se le définir,
Du bonheur de se voir et de se réunir.
Car si chez eux encor les doux rêves mystiques,
Qui s'exaltent parmi l'encens et les cantiques,
Avaient retardé l'heure où le désir naissant
De l'enfant étonné fait un adolescent,
Déjà leur âme était inquiète et subtile.
Ce qu'ils eussent jadis trouvé simple ou futile
Les laissait à présent très souvent timorés.
Ils se troublaient. Un jour, ils étaient demeurés,
Lui, la rougeur au front, elle, tout interdite,
En effleurant leurs doigts humides d'eau bénite,
De s'être dit tous deux à la fois : « Prenez-en. »
Elle avait oublié qu'il était paysan,

Il avait oublié qu'elle était demoiselle,
Mais, bien qu'il redoublât d'humbles soins et de zèle,
Il ne lui donnait plus la main comme autrefois,
Quand il la conduisait à l'église, et sa voix
Tremblait en lui parlant de choses très vulgaires.

IV

Un dimanche matin, — il ne s'attendait guères
Que son destin allait dater de ce jour-là, —
Ainsi qu'il en avait l'habitude, il alla
Chercher la jeune fille à l'heure accoutumée.
La porte, qu'il trouvait d'ordinaire fermée,
Malgré le froid d'hiver, s'ouvrait sinistrement.
Inquiet, il crut voir comme un pressentiment
Dans ce logis béant au vent noir de décembre,
Et, songeant à l'aïeul, monta jusqu'à sa chambre,

Mais pour s'arrêter court sur le seuil, en tremblant.
Car il vit le vieillard, pâle sur le lit blanc,
Râlant, les yeux grandis par les suprêmes fièvres,
Et qui disait, serrant cruellement les lèvres,
A sa fille courbée et pleurant sur sa main :

« Plus de larmes. Je sens que je mourrai demain.
Or, c'est chez nous l'usage ordinaire, ma fille,
Que, s'il meurt dans son lit, le chef de la famille
Du plus proche héritier exige le serment
De maintenir le nom toujours plus fièrement.
Je te crois forte assez pour subir ces épreuves ;
Car celles de ton sang, du jour qu'elles sont veuves
De quelque batailleur mis à mal n'importe où,
Prennent sa lourde épée et la pendent au clou
Et n'ont plus d'autre croix pour dire leur prière.
Pour toi, tu restes fille, enfant, et la dernière
De la race. Eh bien donc, sois-en digne et promets
De garder le vieux nom vierge et pur à jamais.
Si tu ne prends l'habit, point de mésalliance ;
Et fais-en le serment, pour qu'avec confiance

Je puisse me coucher dans la paix du cercueil. »

Alors la jeune fille, entendant sur le seuil
Un faible bruit, tourna ses regards en arrière
Et vit là son petit compagnon de prière
Qui, sans savoir pourquoi, mais désolé, pleurait.

C'était un sentiment bien vague, bien secret,
Bien indécis, exempt de toute ardeur qui tente,
Fait d'amitié craintive et de langueur latente,
Qu'ils avaient jusque-là l'un pour l'autre éprouvé.
Leur timide désir n'avait jamais rêvé
Plus loin que le bonheur de prier côte à côte,
Par un jour de soleil comme à la Pentecôte,
Sous le même rayon, devant le même autel.
Mais l'accent du vieillard moribond était tel
Qu'ils comprirent soudain que, pour toute leur vie,
L'espérance de vivre ensemble était ravie.

« Eh bien, petite? » fit le vieillard irrité.

« J'obéirai, » dit-elle avec simplicité
Et comme promettant une chose ordinaire.

V

Tout était dit. — Après cinq ans de séminaire,
Le jeune écolier fut tour à tour tonsuré,
Ordonné prêtre, puis enfin nommé curé
D'un village lointain choisi sur sa demande.
Il semblait avoir mis une hâte très grande
A prononcer lui-même un éternel serment.
— Ce n'est que devenu vieux, assez récemment,
Qu'ayant réalisé son petit patrimoine,
Il s'est laissé nommer, dans sa ville, chanoine.
Là, depuis son retour, vite le bon abbé
Dans l'ancienne habitude est de nouveau tombé

Et d'un logis bien cher a retrouvé la route.
Certes, quand il y vient lentement, il se doute
Qu'on entend de très loin son pas sur le pavé
Et que, près du rideau faiblement soulevé,
Un regard amical le voit venir et guette.
Mais il n'a pas encore osé lever la tête
Depuis quatre ans qu'il fait tous les jours ce chemin ;
Et quand il est entré, son missel à la main,
Dans le salon étroit et suranné de celle
A qui, par vieil usage, il dit « la demoiselle »,
Toutes les fois, il feint de croire à l'air surpris
Qu'à son aspect, soudain, la douce fille a pris,
Et qui la trouble au point que sa voix en hésite
Dans son remercîment de la bonne visite.
En deuil, ayant gardé ses beaux yeux clairs et doux,
Et délicatement flattant, sur ses genoux,
Le pelage soyeux de sa chatte endormie,
Telle, chaque matin, il voit sa vieille amie
Devant laquelle il reste une grande heure assis,
Lui faisant, d'un ton bas, quelques simples récits,
Sans que jamais en eux un geste, un rien dénote

Plus qu'une affection de vieux prêtre à dévote;
Et lorsque du sujet honnête et puéril
L'entretien a suivi tout doucement le fil,
Sans un mot qui s'émeut, sans cordiale étreinte,
Comme si la mémoire en eux était éteinte
Du sacrifice fait jadis à leur devoir,
Ils échangent enfin un très faible : « Au revoir ».
— Pourtant il faut qu'il lutte et qu'elle se contienne,
Car, même redoutant l'effusion chrétienne
Où l'on doit se nommer un instant frère et sœur,
Elle n'a jamais pris l'abbé pour confesseur.

ÉMIGRANTS

.ᴌ fait nuit. — Et la voûte est ténébreuse où monte,
ar la sonorité du bâtiment de fonte,
e jet de vapeur blanche au sifflement d'enfer,
ᴌennissement affreux du lourd cheval de fer
ᴊui vient à reculons et lui-même s'attelle,
:vec un bruit strident d'enclume qu'on martèle,
.u long train des wagons béants le long du quai.
.ttirés par ce bruit de fer entre-choqué,

De pâles voyageurs, aux figures chagrines,
Regardent, en collant leurs fronts las aux vitrines,
Les machines qui vont les entraîner si loin,
Chacun d'eux, sans le dire à l'autre, dans son coin,
Se sentant envahir par l'effroi taciturne
Qui nous prend au début d'un voyage nocturne.
— Un départ est toujours triste; mais ce départ
Semble vraiment empreint d'une tristesse à part.
D'abord, c'est un convoi de pauvres. Règle austère:
Qu'il s'en aille en voyage ou qu'il s'en aille en terre,
Vivant ou mort, le pauvre a sa voiture à lui.
Et puis, ceux-là qui vont habiter aujourd'hui,
Pendant toute une veille, en ces sombres voitures,
Qui devront endurer, tremblantes créatures,
Le froid de l'insomnie et le froid de l'hiver,
Et que l'on jettera demain, près de la mer,
Devant les paquebots couverts de voiles blanches,
Dont ils devront franchir le passage de planches
Pour retrouver encor la nuit des entreponts;
Ces paysans, honteux de passer vagabonds
Et que soutient à peine un espoir chimérique,

Ce sont des émigrants qui vont en Amérique.

Voilà de bien longs jours déjà qu'ils sont partis :
Le père tout chargé de paquets et d'outils ;
La mère avec l'enfant qui pend à la mamelle
Et quelque autre marmot qui traîne la semelle
Et la suit, fatigué, s'accrochant aux jupons ;
Le fils avec le sac au pain et les jambons,
Et la fille emportant sur son dos la vaisselle.
Heureux ceux qui n'ont pas quelque vieux qui chancelle
Et qui gronde et qu'on a, s'effarant, après soi !
Pourquoi donc partent-ils, ces braves'gens? Pourquoi
S'en vont-ils par l'Europe et vers le Nouveau Monde,
Étonnés de montrer leur douce pâleur blonde
Et la calme candeur de leurs tristes yeux bleus
Sur les chemins de fer bruyants et populeux?
C'est que parfois la vie est inhospitalière.
Longtemps leur pauvreté naïve, pure et fière,
En plein champ, près du pot de grès et du pain bis,
A lutté, n'arrachant que de maigres épis
A la terre trop vieille et devenue avare.

Car il leur fut ingrat, implacable et barbare,
Ce vieux sol paternel, ce sol religieux,
Où parfois, comme un don laissé par les aïeux,
Leur pioche déterrait un peu d'or ou des armes,
Et que leur front baignait de sueurs et de larmes.
Tristes et patients, longtemps ils ont lutté
Contre son inertie et sa stérilité,
Mais vainement. Alors, la vie étant trop chère
Pour qu'ils pussent laisser, une année, en jachère
Ce sol qui refusait toujours de les nourrir,
Ils ont vu qu'il fallait s'en aller ou mourir;
Et tous, pleins du regret des récoltes futures,
Ils sont partis vers les lointaines aventures.

Oh! comme je les plains, les humbles, les petits,
Tous ceux-là qui sont nés et qui vivent blottis
Timidement autour d'un clocher de village;
Ceux que retient, bien mieux que l'ancien vasselage
Et que tous les vieux jougs du monde féodal,
L'étroit et tendre amour de leur pays natal;
Ceux-là que le galop d'un voyageur étonne,

Qui sentent que le vrai bonheur est monotone
Et qui ne veulent pas d'autre sort que le sort
De leurs pères, de qui la naissance et la mort
S'inscrivaient — c'était tout — aux marges d'une Bible.
Quand il leur faut quitter la masure paisible,
Le foyer près duquel leur enfance a rêvé
Et le champ que leurs bras virils ont cultivé;
Quand ils s'en vont, tirant ou poussant la charrette,
Et jetant un regard suprême et qui regrette
A mille objets qui sont pour eux de vieux amis :
Au pâturage avec les grands bœufs endormis,
Au vieux pont, à l'auberge en face de l'église,
A l'enseigne où le grand Frédéric prend sa prise,
Au lavoir plein du bruit des linges que l'on bat,
Oh! qu'il doit se livrer un lugubre combat
Dans leurs âmes déjà se sentant orphelines,
Tandis qu'ils voient grandir ces lointaines collines
Où naguère pour eux le monde finissait,
Et qu'ils songent avec amertume que c'est
La terre maternelle et dont vécut leur race,
La terre qui devient marâtre et qui les chasse!

Encor si l'avenir était riant pour eux,
Et s'ils étaient certains d'un lendemain heureux !
Mais ils n'ont presque pas d'espoir qui les soutienne.
L'Amérique n'est plus cette jeune Indienne
Souriante en son île au milieu des roseaux
Et couronnant son front de plumages d'oiseaux,
Télle qu'ils l'ont rêvée autrefois, à l'école.
Pour eux, durs ouvriers du labeur agricole,
Ce qu'ils comptent trouver là-bas, c'est seulement
La forêt monstrueuse au noir tressaillement,
Où, rampant et glissant, la hideuse famille
De la nature vierge et féroce fourmille ;
C'est la bataille avec la hache, avec le pic,
Contre les troncs noueux et les rochers à pic ;
C'est le miasme lourd du terrain noir et riche
Qu'en grelottant de fièvre, avec rage, on défriche ;
Les grands feux dans les bois et les nuits sans repos
Où l'on voit scintiller, autour de ses troupeaux,
Dans l'ombre, les yeux d'or des jaguars et des onces ;
C'est la bêche tranchant les serpents et les ronces ;

— Enfin, comme un bonheur qu'on n'ose pas prévoir,
Et si Dieu plus clément daigne un jour s'émouvoir
Des cantiques chantés en chœur sous les étoiles,
C'est, après le sommeil frileux entre deux toiles
Et les maigres soupers de lard et de biscuits,
La famille restée encore entière, et puis
De gais et longs repas, par les soirs de dimanches,
Devant une moisson, près d'un logis de planches.

Pour l'instant, du trop long voyage tout meurtris,
Dans cette gare, en haut d'un faubourg de Paris,
Ils attendent, muets du regret qui les navre,
Le convoi qui les doit jeter aux quais du Havre.
Comme on n'a pas pour eux allumé de quinquets,
On croit qu'ils dorment tous, penchés sur leurs paquets,
Dans la salle aux longs bancs, sombre comme une geôle.
Mais l'époux qui soutient, lasse, sur son épaule,
Une tête de femme où sont clos de doux yeux,
Promène autour de lui des regards anxieux;
Mais la mère est en proie aux présages funèbres,
Qui cache sous ses mains jointes, dans les ténèbres,

Des fronts d'enfants serrés contre elle avec terreur ;
Mais il pâlit, ce jeune et triste laboureur,
Qui sent, en la serrant sous la sienne pressée,
Frissonner une main douce de fiancée !
— Sinon pour soi, du moins pour l'être faible et cher,
Chacun songe au pays dans cette nuit d'hiver,
Et, jugeant que la salle est très mal éclairée,
Essuie, en se cachant, une larme ignorée

UNE FEMME SEULE

Dans le salon bourgeois où je l'ai rencontrée,
Ses yeux doux et craintifs, son front d'ange proscrit,
M'attirèrent d'abord vers elle, et l'on m'apprit
Que d'un mari brutal elle était séparée.

Elle venait encor chez ces anciens amis,
Dont la maison avait vu grandir son enfance
Et qui, malgré le bruit dont le monde s'offense,
Au préjugé cruel ne s'étaient point soumis.

Mais elle savait bien, résignée et très douce,
Qu'on ne la recevait qu'en petit comité,
Et s'attendait toujours, dans sa tranquillité,
Au mot qui congédie, à l'accueil qui repousse.

Donc, les soirs sans dîner ni bal au piano,
Elle venait broder près de l'âtre, en famille,
Et c'est là que, devant son air de jeune fille,
Je m'étonnai de voir à son doigt un anneau.

Stoïque, elle acceptait son étrange veuvage,
Sans arrière-pensée et très naïvement ;
Pour prouver qu'elle était fidèle à son serment,
Sa main avait gardé le signe d'esclavage.

Elle était pâle et brune, elle avait vingt-cinq ans ;
Le sang veinait de bleu ses mains longues et fières,
Et, nerveux, les longs cils de ses chastes paupières
Voilaient ses regards bruns de battements fréquents.

Ni bijou, ni ruban. Nulle marque de joie,
Jamais la moindre fleur dans le bandeau châtain ;
Et le petit col blanc, étroit et puritain,
Tranchait seul sur le deuil de la robe de soie.

Brodant très lentement et d'un geste assoupli
Et ne se doutant pas que l'ombre transfigure,
Sa place dans la chambre était la plus obscure ;
Elle parlait à peine et désirait l'oubli.

Mais, à la question banale qu'on adresse,
Quand elle répondait quelques mots en passant,
Cela faisait du mal d'entendre cet accent
Brisé par la douleur et fait pour la tendresse,

Cette voix lente et pure, et lasse de prier,
Qu'interrompait jadis la forte voix d'un maître
Et qu'une insulte, hélas ! un bras levé peut-être,
De honte et de terreur, un jour, firent crier.

6.

Quand un petit enfant présentait à la ronde
Son front à nos baisers, oh ! comme lentement,
Mélancoliquement et douloureusement,
Ses lèvres s'appuyaient sur cette tête blonde !

Mais aussitôt après ce trop cruel plaisir,
Comme elle reprenait son travail au plus vite !
Et sur ses traits alors quelle rougeur subite,
En songeant au regret qu'on avait pu saisir !

Car je m'apercevais, quoiqu'on fût bon pour elle,
Qu'on la plaignait d'avoir fait un si mauvais choix,
Que ce monde aux instincts timorés et bourgeois
Conservait une crainte, après tout naturelle.

J'avais bien remarqué que son humble regard
Tremblait d'être heurté par un regard qui brille,
Qu'elle n'allait jamais près d'une jeune fille
Et ne levait les yeux que devant un vieillard.

— Jeune homme qui pourrais aimer la pauvre femme
Et qui la trouveras quelque jour sur tes pas,
Ne la regarde pas et ne lui parle pas.
Ne te fais pas aimer, car ce serait infâme !

Va, je connais l'adresse et les subtilités
Du sophisme, aussi bien que tu peux les connaître.
Je sais que son œil brûle et que sa voix pénètre,
Et quel sang bondira dans vos cœurs révoltés.

Je sais qu'elle succombe et qu'elle est sans défense,
Qu'elle meurtrit son sein devant le crucifix,
Qu'elle t'adorerait comme un dieu, comme un fils ;
Je sais que ta victoire est certaine d'avance.

Oui, pour toi je suis sûr qu'elle sacrifierait
Son unique trésor, l'honneur pur et fidèle,
Et que tu voudrais vivre et mourir auprès d'elle.
— C'est bien. Mais je suis sûr aussi qu'elle en mourrait.

SIMPLE AMBITION

Être un modeste croque-notes
Donnant des leçons de hasard,
Qui court Paris en grosses bottes,
Mais qui comprend Gluck et Mozart;

Avoir quelque part un vieux maître;
Aimer sa fille; et, chaque soir,
Brosser son vieil habit et mettre
Du linge pour aller les voir;

Ils logent loin ! faire une lieue
En chantonnant quelques vieux airs,
L'été, sous la douce nuit bleue
Et par les bons quartiers déserts ;

Aimer d'un amour très honnête ;
Avoir peur, en portant la main
A certain cordon de sonnette
Dont on sait pourtant le chemin...

« Ah ! monsieur Paul !... — Mademoiselle !
— Mon père vous attend. Voyez :
Voici votre violoncelle,
Son violon et les cahiers. »

Demander comment va le maître,
Qui survient simple et cordial ;
Oh ! le bon moment ! — La fenêtre
S'ouvre sur le ciel nuptial ;

Les brises déjà rafraîchies
Entrent avec des papillons
Bien vite brûlés aux bougies
Qui jettent de faibles rayons.

Le concert commence. Elle écoute,
Blonde, accoudée et tout en blanc,
Et son cœur frissonne sans doute
Avec l'allegretto tremblant.

Puis, c'est le menuet, l'andante,
Tout le beau poème du bruit,
Toute la symphonie ardente.
Et le temps passe. Il est minuit.

« Sauvez-vous. C'est une heure indue
Pour vous qui logez tout là-bas;
Et cette banlieue est perdue.
Vous viendrez demain, n'est-ce pas? »

Mais avant de partir, encore
Un peu de musique; pas trop...
Pendant que Julie élabore
Trois humbles verres de sirop.

DANS LA RUE

Les deux petites sont en deuil;
Et la plus grande — c'est la mère —
A conduit l'autre jusqu'au seuil
Qui mène à l'école primaire.

Elle inspecte, dans le panier,
Les tartines de confiture
Et jette un coup d'œil au dernier
Devoir du cahier d'écriture.

Puis comme c'est un matin froid
Où l'eau gèle dans la rigole,
Et comme il faut que l'enfant soit
En état d'entrer à l'école,

Écartant le vieux châle noir
Dont la petite s'emmitoufle,
L'aînée alors tire un mouchoir,
Lui prend le nez et lui dit : « Souffle. »

QUATRE SONNETS

LA SŒUR NOVICE

Lorsque tout douloureux regret fut mort en elle
Et qu'elle eut bien perdu tout espoir décevant,
Résignée, elle alla chercher dans un couvent
Le calme qui prépare à la vie éternelle.

Le chapelet battant la jupe de flanelle,
Et pâle, elle venait se promener souvent
Dans le jardin sans fleurs, bien abrité du vent,
Avec ses plants de choux et sa vigne en tonnelle.

Pourtant elle cueillit, un jour, dans ce jardin,
Une fleur exhalant un souvenir mondain,
Qui poussait là malgré la sainte obédience;

Elle la respira longtemps, puis, vers le soir,
Saintement, ayant mis en paix sa conscience,
Mourut comme s'éteint l'âme d'un encensoir.

LA FAMILLE DU MENUISIER

Le marchand de cercueils vient de trousser ses manches
Et rabote en sifflant, les pieds dans les copeaux.
L'année est bonne; il n'a pas le moindre repos
Et même il ne boit plus son gain tous les dimanches.

Tout en jouant parmi les longues bières blanches,
Ses enfants, deux blondins tout roses et dispos,
Quand passe un corbillard, lui tirent leurs chapeaux
Et bénissent la mort qui fait vendre des planches.

7.

La mère, supputant de combien s'accroîtra
Son épargne, s'il vient un nouveau choléra,
Tricote, en souriant, au seuil de la boutique;

Et ce groupe joyeux, dans l'or d'un soir d'été,
Offre un tableau de paix naïve et domestique,
De bien-être honorable et de bonne santé.

LE MUSEE DE MARINE

Au Louvre, je vais voir ces délicats modèles
Qui montrent aux oisifs les richesses d'un port.
Je connais l'armement des vaisseaux de haut-bord
Et la voilure des avisos-hirondelles.

J'aime cette flottille avec ses bagatelles,
Le carré d'Océan qui lui sert de support,
Ses petits canons noirs se montrant au sabord,
Et ses mille haubans fins comme des dentelles

Je suis un loup de mer et sais apprécier
Le blindage de cuivre et les ancres d'acier :
Car tous ces riens de bois, de ficelle et de liège

M'ont souvent fait trouver les dimanches bien courts,
Et, forçat de Paris dès longtemps pris au piège,
C'est là que j'ai rêvé le voyage au long cours.

JOUJOUX D'ALLEMAGNE

L'autre soir, je voyais la petite Marie
Rester, près de la lampe, en extase et sans voix ;
Car elle avait tiré de son coffre de bois
Ce jouet d'Allemagne appelé bergerie.

Les moutons étaient gros comme la métairie,
Qui, certes, n'aurait pu loger les villageois ;
Les arbres sur leurs pieds naïfs étaient tout droits,
Et le vieux tapis vert jouait mal la prairie.

Et moi, plus que l'enfant, je me suis amusé,
Et puisque le voyage, hélas! m'est refusé,
Une heure j'ai joui d'un mirage illusoire.

L'odeur de ces joujoux, mal taillés et mal peints,
M'a permis de courir tes déserts de sapins,
Et j'ai connu ton ombre immense, ô forêt Noire!

ÉCRIT PENDANT LE SIÈGE

Paris, 1870.

EN FACTION

Sur le rempart, portant mon lourd fusil de guerre,
Je vous revois, pays que j'explorais naguère,
Montrouge, Gentilly, vieux hameaux oubliés
Qui cachez vos toits bruns parmi les peupliers.
Je respire, surpris, sombre ruisseau de Bièvre,
Ta forte odeur de cuir et tes miasmes de fièvre.
Je vous suis du regard, pauvres coteaux pelés,
Tels encor que jadis je vous ai contemplés,

Et, dans ce ciel connu, mon souvenir s'étonne
De retrouver les tons exquis d'un soir d'automne ;
Et mes yeux sont mouillés des larmes de l'adieu.
Car mon rêve a souvent erré dans ce milieu
Que va bouleverser la dure loi du siège.
Jusqu'ici j'allongeais la chaîne de mon piège ;
Triste captif, ayant Paris pour ma prison,
Longtemps ce fut ici pour moi tout l'horizon ;
Ici j'ai pris l'amour des couchants verts et roses ;
Penché dès le matin sur des papiers moroses,
Dans une chambre où ma fantaisie étouffait,
C'est ici que souvent, le soir, j'ai satisfait,
A cette heure où la nuit monte au ciel et le gagne,
Mon désir de lointain, d'air libre et de campagne.
Me reprochera-t-on, dans cet affreux moment,
Un regret pour ce coin misérable et charmant ?
Car il va disparaître à tout jamais. Sans doute,
Les boulets vont couper les arbres de la route ;
Et l'humble cabaret où je me suis assis,
Incendié déjà, fume au pied du glacis ;
Dans ce champ dépouillé, morne comme une tombe,

Il croule, abandonné. Regardez. Une bombe
A crevé ces vieux murs qui gênaient pour le tir ;
Et, tels que mon regret qui ne veut point partir,
Se brûlant au vieux toit, quelques pigeons fidèles
L'entourent, en criant, de leurs battements d'ailes.

Septembre 1870.

LETTRE D'UN MOBILE BRETON

M{AMAN}, et toi, vieux père, et toi, ma sœur mignonne,
Ce soir, en attendant que le couvre-feu sonne,
Je mets la plume en main pour vous dire comment
Je pense tous les jours à vous très tendrement,
Très tristement aussi, malgré toute espérance ;
Car, bien qu'ayant juré de mourir pour la France
Et certain d'accomplir jusqu'au bout mon devoir,
Je ne puis pas songer au pays sans revoir

8.

La maison, le buffet et ses vaisselles peintes,
La table, le poiré qui mousse dans les pintes,
La soupière de choux qui fume et qui sent bon,
Entre les vastes plats de noix et de jambon,
La sœur et la maman priant, les deux mains jointes,
Avec leurs bonnets blancs et leurs fichus à pointes,
Et papa qui, pensant que je manque au souper,
Fait sa croix sur le pain avant de le couper.
Laissons cela. D'ailleurs je reviendrai peut-être.
— Donc nous sommes campés sous le fort de Bicêtre
Avec Monsieur le Comte et tous ceux de chez nous.
Je vous écris ceci, mon sac sur les genoux,
Sous la tente, et le vent fait trembler ma chandelle.
Bicêtre est une sombre et forte citadelle,
Où des Bretons marins, de rudes compagnons,
Dorment dans le caban auprès de leurs canons,
Tout comme sur un brick à l'ancre dans la rade.
Aussi j'ai trouvé là plus d'un bon camarade
Parti depuis longtemps entre le ciel et l'eau,
Car Saint-Servan n'est pas bien loin de Saint-Malo,
Et nous avons vidé quelquefois un plein verre.

Mon bataillon était de la dernière affaire,
A preuve que Noël, le cadet du sonneur,
Comme on dit à Paris, est mort au champ d'honneur.
Il avait un éclat de bombe dans la cuisse.
Il saignait, il criait. Je ne crois pas qu'on puisse
Voir cela sans horreur, et chacun étouffait;
Mais nos vieux officiers prétendent qu'on s'y fait.
On nous a portés tous à l'ordre de l'armée.
Moi, j'ai tiré des coups de feu dans la fumée
Et j'ai marché toujours en avant, sans rien voir.
Enfin on a sonné la retraite, et, le soir,
Un vieux, au képi d'or, qui tordait sa barbiche
Et qui de compliments paraît être assez chiche,
Nous a dit : « Nom de nom ! mes enfants, c'est très bien ! »
Et quoiqu'il blasphémât, c'est vrai, comme un païen,
Et qu'il lançât sur nous un regard diabolique,
Nous avons tous crié : « Vive la République ! »
— Ce mot-là, c'est toujours du français, n'est-ce pas ? —
Quelques-uns d'entre nous se plaignent bien tout bas
Et sont, avec raison, mécontents qu'on ricane
De notre vieil abbé qui trousse sa soutane,

Marche à côté de nous droit au-devant du feu
Et parle à nos blessés du pays et de Dieu;
Mais aux mauvais railleurs nous faisons la promesse
De bien montrer comment on meurt, après la messe.
— Nous avons traversé Paris. Il m'a fait peur.
Puis nous l'avons trouvé dans la grande stupeur,
Sombre et lisant tout haut des journaux dans les rues.
Huit jours les habitants logèrent les recrues.
Nous étions, Pierre et moi, chez des bourgeois cossus,
Où nous fûmes assez honnêtement reçus.
Pourtant j'étais d'abord chez eux mal à mon aise
Et je restais assis sur le bord de ma chaise,
Confus de l'embarras où nous les avions mis.
Mais leurs petits enfants devinrent nos amis;
Ils riaient avec nous, jouaient avec nos armes
Et couvraient, les démons! de leurs joyeux vacarmes
Le bruit que nous faisions avec nos gros souliers.
Bref, nous sommes partis bien réconciliés
Et, les jours de congé, nous leur faisons visite.
— Allons! il faut finir cette lettre au plus vite,
Car le clairon au loin jette ses sons cuivrés.

Je ne sais pas encor si vous la recevrez,
Mais je suis bien content d'avoir suivi l'école :
Grâce au savoir, qu'on raille au pays agricole,
Me voilà caporal avec un beau galon,
Et puis je vous écris ces mots par le ballon.
Maintenant, au revoir, chers parents, je l'espère.
Si je ne reviens pas, ô ma mère et mon père,
Songez que votre fils est mort en défenseur
De notre pauvre France ; et toi, mignonne sœur,
Quand tu rencontreras Yvonne à la fontaine,
Dis-lui bien que je l'aime et qu'elle soit certaine
Que dans ce grand Paris, effrayant et moqueur,
Je suis toujours le sien et lui garde mon cœur.
Baise ses cheveux blonds, fais-lui la confidence
Que j'ai peur du grand gars qui lui parle à la danse ;
Dis-lui qu'elle soit calme et garde le logis
Et que je ne veux pas trouver ses yeux rougis.
— Adieu. Voici pour vous ma tendresse suprême,
Et je signe, en pleurant, « votre enfant qui vous aime. »

Octobre 1870.

LE CHIEN PERDU

Quand on rentre, le soir, par la cité déserte,
Regardant sur la boue humide, grasse et verte,
Les longs sillons du gaz tous les jours moins nombreux,
Souvent un chien perdu, tout crotté, morne, affreux,
Un vrai chien de faubourg, que son trop pauvre maître
Chassa d'un coup de pied en le pleurant peut-être,
Attache à vos talons obstinément son nez
Et vous lance un regard si vous vous retournez.

Quel regard! long, craintif, tout chargé de caresse,
Touchant comme un regard de pauvre ou de maîtresse,
Mais sans espoir pourtant, avec cet air douteux
De femme dédaignée et de pauvre honteux.
Si vous vous arrêtez, il s'arrête, et, timide,
Agite faiblement sa queue au poil humide.
Sachant bien que son sort en vous est débattu,
Il semble dire : — Allons, emmène-moi, veux-tu?
On est ému, pourtant on manque de courage;
On est pauvre soi-même, on a peur de la rage,
Enfin, mauvais, on fait la mine de lever
Sa canne, on dit au chien : « Veux-tu bien te sauver! »
Et, tout penaud, il va faire son offre à d'autres.

La sinistre rencontre! et quels temps sont les nôtres
Et quel mal nous ont fait ces féroces Prussiens,
Que les plus pauvres gens abandonnent leurs chiens
Et que, distrait du deuil public, il faille encore
Plaindre ces animaux dont le regard implore!

Octobre 1870.

A L'AMBULANCE

Du couvent troublant le silence,
Arrive, avec son bruit pressé,
Une voiture d'ambulance.
On amène un soldat blessé.

Sur sa capote le sang brille ;
Il boite, éreinté par l'obus.
Son fusil lui sert de béquille
Pour descendre de l'omnibus.

C'est un vieux aux moustaches rudes,
Galonné d'un triple chevron,
Qui hait les cagots et les prudes
Et débute par un juron.

Il a des propos malhonnêtes
Et des regards presque insultants,
Qui font rougir sous leurs cornettes
Les novices de dix-huit ans.

Croyant qu'il dort et qu'elle est seule
Si la sœur prie auprès de lui,
Vite il charge son brûle-g. eule
Et siffle un air avec ennui.

Que lui font la veille assidue,
L'intérêt qu'on peut lui porter?
Il sait que sa jambe est perdue
Et que l'on va le charcuter.

Il est furieux. — Laissez faire ;
On est très patient ici ;
Puis il y règne une atmosphère
Qui console et qui dompte aussi ;

L'influence est lente, mais sûre,
De ces servantes de leur vœu,
Douces en touchant la blessure
Et douces en parlant de Dieu.

— Aussi, sentant, à sa manière,
Le charme pieux et subtil,
Le grognard, à chaque prière,
Dira bientôt : « Ainsi soit-il ! »

Novembre 1870.

PLUS DE SANG!

Avril 1871.

PLUS DE SANG!

Avril 1871.

O France! je sais bien que, dans cette tuerie,
A celui qui dira : « Pitié ! pudeur ! patrie ! »
        Ces acharnés répondront : « Non ! »
Que tout espoir de paix est presque une chimère ;
Mais je serai l'écho de ta douleur de mère,
        Parmi l'orage du canon.

Je sais que le massacre aux cent voix furieuses
Et que le crachement hideux des mitrailleuses
        Couvriront mes cris haletants;
Mais je t'évoquerai, France, France éternelle,
Sanglante et découvrant ta gorge maternelle,
        Entre les coups des combattants.

Je sais que la terreur va régner sur la ville,
Que peut-être aux tribuns de la guerre civile
        On va me désigner du doigt.
Je le sais; mais il faut fulminer l'anathème,
Et le poète obscur qui te pleure et qui t'aime
        Aura du moins fait ce qu'il doit.

Oui, nous irons d'abord où la discorde habite,
Dans le sombre palais au toit duquel palpite
        Un drapeau rouge dans le ciel,
Et là tu montreras, de ton geste qui raille,
Les trois mots flamboyants sur la vieille muraille
        Comme les mots de Daniel.

Tu feras voir l'horreur de ta gorge saignée
Et tu déchireras, pauvre mère indignée !
          Ce décret, cet ukase affreux,
Écrit par une main noire encor de l'amorce,
Qui provoque au combat fratricide et qui force
          Tes fils à s'égorger entre eux.

Après nous descendrons dans les geôles profondes
Où tu verras, parmi les malfaiteurs immondes,
          Tristes, mais le cœur sans effroi,
Des vieillards doux et purs, des otages de guerre,
Des prêtres arrachés de l'autel où naguère
          Ils priaient encor Dieu pour toi.

Nous planerons alors sur la cité déserte.
Sauf un rauque clairon qui sonne au loin l'alerte
          Ou le coup de canon d'un fort,
Ou le pavé broyé par un caisson qui passe,
Nul bruit, nul mouvement, et sur l'immense espace
          Pèsent le silence et la mort.

C'est la fuite, partout. Si, dans les quartiers riches,
Frôlant timidement les murs souillés d'affiches,
Le passant marche, le front bas,
Inquiet du blocus et craignant qu'on l'affame,
Dans le groupe, au faubourg, le vieux, l'enfant, la femme,
Sont seuls à parler des combats.

Entends-tu le canon qui gronde par saccades?
Les hommes sont partis là-bas, aux barricades,
Aux avant-postes, aux remparts.
A Vanves, à Neuilly, mitraille et balles pleuvent,
Hélas! et c'est pourquoi tous ces cœurs qui s'émeuvent,
Ces larmes dans tous les regards.

Mais si, nous détournant de cette morne scène,
Nous regardons plus loin, sur les bords de la Seine,
France, cache-moi dans ton sein!
Que j'entende bondir ton noble cœur de femme
Qui se brise à l'aspect de cette lutte infâme
Où ton peuple est ton assassin.

Que j'entende ta voix hurler, pleine de larmes :
— O mes fils égarés, jetez, brisez vos armes.
        Assez ! il n'est jamais trop tard.
Ne combattez pas plus pour un mot illusoire ;
Arrêtez, plus de sang ! nous n'avons qu'une gloire
        Et nous n'avons qu'un étendard.

La victoire est horrible et ma mort seule est sûre.
Cruels, vous retournez le fer dans la blessure
        Où l'a plongé le Prussien !
Arrêtez ce combat qui m'achève et me navre,
Insensés qui voulez sur un front de cadavre
        Planter le bonnet phrygien.

La paix ! faites la paix ! Et puis, pardon, clémence !
Oublions à jamais cet instant de démence.
        Vite à nos marteaux. Travaillons.
Travaillons en disant : « C'était un mauvais rêve. »
Et plus tard, quand mon front qui vite se relève
        Lancera de nouveaux rayons,

Alors, ô jeunes fils de la vaillante Gaule,
Nous jetterons encor le fusil sur l'épaule
          Et, le sac chargé d'un pain bis,
Nous irons vers le Rhin pour laver notre honte,
Nous irons, furieux comme le flot qui monte
          Et nombreux comme les épis. —

Dis-leur cela, ma mère, et, messagère ailée,
Mon ode ira porter jusque dans la mêlée
          Le rameau providentiel,
Sachant bien que l'orage affreux qui se déchaîne,
Et qui peut d'un seul coup déraciner un chêne,
          Épargne un oiseau dans le ciel.

PROMENADES ET INTÉRIEURS

A PAUL DALLOZ

10

PROMENADES ET INTÉRIEURS

I

Lecteur, à toi ces vers, graves historiens
De ce que la plupart appelleraient des riens.
Spectateur indulgent qui vis ainsi qu'on rêve,
Qui laisses s'écouler le temps et trouves brève
Cette succession de printemps et d'hivers,
Lecteur mélancolique et doux, à toi ces vers!
Ce sont des souvenirs, des éclairs, des boutades,
Trouvés au coin de l'âtre ou dans mes promenades,
Que je te veux conter par le droit bien permis
Qu'ont de causer entre eux deux paisibles amis.

II

Prisonnier d'un bureau, je connais le plaisir
De goûter, tous les soirs, un moment de loisir.
Je rentre lentement chez moi, je me délasse
Aux cris des écoliers qui sortent de la classe ;
Je traverse un jardin, où j'écoute, en marchant,
Les adieux que les nids font au soleil couchant,
Bruit pareil à celui d'une immense friture.
Content comme un enfant qu'on promène en voiture,
Je regarde, j'admire, et sens avec bonheur
Que j'ai toujours la foi naïve du flâneur.

III

C'est vrai, j'aime Paris d'une amitié malsaine ;
J'ai partout le regret des vieux bords de la Seine.
Devant la vaste mer, devant les pics neigeux,
Je rêve d'un faubourg plein d'enfance et de jeux,
D'un coteau tout pelé d'où ma Muse s'applique
A noter les tons fins d'un ciel mélancolique,
D'un bout de Bièvre, avec quelques champs oubliés,
Où l'on tend une corde aux troncs des peupliers
Pour y faire sécher la toile et la flanelle,
Ou d'un coin pour pêcher dans l'île de Grenelle.

IV

J'adore la banlieue avec ses champs en friche
Et ses vieux murs lépreux, où quelque ancienne affiche
Me parle de quartiers dès longtemps démolis.
O vanité! Le nom du marchand que j'y lis
Doit orner un tombeau dans le Père-Lachaise.
Je m'attarde. Il n'est rien ici qui ne me plaise,
Même les pissenlits frissonnant dans un coin.
Et puis, pour regagner les maisons déjà loin,
Dont le couchant vermeil fait flamboyer les vitres,
Je prends un chemin noir semé d'écailles d'huîtres.

V

Le soir, au coin du feu, j'ai pensé bien des fois
A la mort d'un oiseau, quelque part, dans les bois.
Pendant les tristes jours de l'hiver monotone,
Les pauvres nids déserts, les nids qu'on abandonne,
Se balancent au vent sur un ciel gris de fer.
Oh! comme les oiseaux doivent mourir l'hiver!
Pourtant, lorsque viendra le temps des violettes,
Nous ne trouverons pas leurs délicats squelettes
Dans le gazon d'avril, où nous irons courir.
Est-ce que les oiseaux se cachent pour mourir?

VI

N'êtes-vous pas jaloux en voyant attablés,
Dans un gai cabaret entre deux champs de blés,
Les soirs d'été, des gens du peuple sous la treille?
Moi, devant ces amants se parlant à l'oreille
Et que ne gêne pas le père, tout entier
A l'offre d'un lapin que fait le gargotier,
Devant tous ces dîneurs, gais de la nappe mise,
Ces joueurs de bouchon en manches de chemise,
Cœurs satisfaits pour qui les dimanches sont courts,
J'ai regret de porter du drap noir tous les jours.

VII

Vous en rirez. Mais j'ai toujours trouvé touchants
Ces couples de pioupious qui s'en vont par les champs,
Côte à côte, épluchant l'écorce de baguettes
Qu'ils prirent aux bosquets des prochaines guinguettes.
Je vois le sous-préfet présidant le bureau,
Le paysan qui tire un mauvais numéro,
Les rubans au chapeau, le sac sur les épaules,
Et les adieux naïfs, le soir, auprès des saules,
A celle qui promet de ne pas oublier
En s'essuyant les yeux avec son tablier.

VIII

Un rêve de bonheur qui souvent m'accompagne,
C'est d'avoir un logis donnant sur la campagne,
Près des toits, tout au bout du faubourg prolongé,
Où je vivrais ainsi qu'un ouvrier rangé.
C'est là, me semble-t-il, qu'on ferait un bon livre.
En hiver, l'horizon des coteaux blancs de givre;
En été, le grand ciel et l'air qui sent les bois;
Et les rares amis, qui viendraient quelquefois
Pour me voir, de très loin, pourraient me reconnaître,
Jouant du flageolet, assis à ma fenêtre.

IX

Quand sont finis le feu d'artifice et la fête,
Morne comme une armée après une défaite,
La foule se disperse. Avez-vous remarqué
Comme est silencieux ce peuple fatigué?
Ils s'en vont tous, portant de lourds enfants qui geignent,
Tandis qu'en infectant les lampions s'éteignent.
On n'entend que le rhythme inquiétant des pas;
Le ciel est rouge; et c'est sinistre, n'est-ce pas?
Ce fourmillement noir dans ces étroites rues
Qu'assombrit le regret des splendeurs disparues!

X

Quelqu'un a-t-il noté le désir hystérique
Des collégiens qui vont finir leur rhétorique,
Et, d'après Paul de Kock, veulent être viveurs,
Devant les nudités en cire des coiffeurs?
Car du court mantelet rose et bordé de cygne
Émergent des appas où brille un petit signe.
Tous ces adolescents trouvent délicieux
Le gros fard de la joue et le bistre des yeux,
Et, troublés à l'aspect de ces beautés de plâtre,
Rêvent d'amour avec des femmes de théâtre.

XI

C'est un boudoir meublé dans le goût de l'Empire,
Jaune, tout en velours d'Utrecht. On y respire
Le charme un peu vieillot de l'Abbaye-aux-Bois :
Croix d'honneur sous un verre et petits meubles droits,
Deux portraits, — une dame en turban qui regarde
Un pompeux colonel des lanciers de la garde
En grand costume, peint par le baron Gérard, —
Plus une harpe auprès d'un piano d'Érard,
Qui dut accompagner bien souvent, j'imagine,
Ce qu'Alonzo disait à la tendre Imogine.

XII

Champêtres et lointains quartiers, je vous préfère
Sans doute par les nuits d'été, quand l'atmosphère
S'emplit de l'odeur forte et tiède des jardins;
Mais j'aime aussi vos bals en plein vent d'où, soudains,
S'échappent les éclats de rire à pleine bouche,
Les polkas, le hoquet des cruchons qu'on débouche,
Les gros verres trinquant sur les tables de bois,
Et, parmi le chaos des rires et des voix
Et du vent fugitif dans les ramures noires,
Le grincement rhythmé des lourdes balançoires.

XIII

Le Grand-Montrouge est loin, et le dur charretier
A mené sa voiture à Paris, au chantier,
Pleine de lourds moellons, par les chemins de boue;
Et voici que, marchant à côté de la roue,
Il revient, écoutant, de fatigue abreuvé,
Le pas de son cheval qui frappe le pavé.
Et moi, j'envie, au fond de mon cœur, ce pauvre homme;
Car lui, du moins, il a bon appétit, bon somme.
Il vit sa rude vie ainsi qu'un animal,
Et l'automne qui vient ne lui fait pas de mal.

XIV

J'écris près de la lampe. Il fait bon. Rien ne bouge.
Toute petite, en noir, dans le grand fauteuil rouge,
Tranquille auprès du feu, ma vieille mère est là ;
Elle songe sans doute au mal qui m'exila
Loin d'elle, l'autre hiver, mais sans trop d'épouvante,
Car je suis sage et reste au logis, quand il vente.
Et puis, se souvenant qu'en octobre la nuit
Peut fraîchir, vivement et sans faire de bruit,
Elle met une bûche au foyer plein de flammes.
Ma mère, sois bénie entre toutes les femmes !

XV

Volupté des parfums ! — Oui, toute odeur est fée.
Si j'épluche, le soir, une orange échauffée,
Je rêve de théâtre et de profonds décors ;
Si je brûle un fagot, je vois, sonnant leurs cors,
Dans la forêt d'hiver les chasseurs faire halte ;
Si je traverse enfin ce brouillard que l'asphalte
Répand, infect et noir, autour de son chaudron,
Je me crois sur un quai parfumé de goudron,
Regardant s'avancer, blanche, une goëlette
Parmi les diamants de la mer violette.

XVI

Noces du samedi ! noces où l'on s'amuse,
Je vous rencontre au bois où ma flâneuse Muse
Entend venir de loin les cris facétieux
Des femmes en bonnet et des gars en messieurs
Qui leur donnent le bras en fumant un cigare,
Tandis qu'en un bosquet le marié s'égare,
Souvent imberbe et jeune, ou parfois mûr et veuf,
Et tout fier de sentir sur sa manche en drap neuf,
Chef-d'œuvre d'un tailleur-concierge de Montrouge,
Sa femme, en robe blanche, étaler sa main rouge.

XVII

Tel un chasseur perclus, devant son feu qui flambe,
Échange avec son chien serré contre sa jambe
Un regard de tristesse à l'heure de l'affût,
Sombre et se rappelant ce qu'autrefois il fut,
Tel un oiseau muet dans le brouillard d'octobre,
Tel un buveur malade et forcé d'être sobre,
Tel un prêtre du bruit d'un baiser éperdu,
Telle une épée au clou, tel un luth détendu,
Tel un foyer désert, et telle ma pensée
Alors qu'elle se croit du rhythme délaissée.

XVIII

L'école. Des murs blancs, des gradins noirs, et puis
Un christ en bois orné de deux rameaux de buis.
La sœur de charité, rose sous sa cornette,
Fait la classe, tenant sous son regard honnête
Vingt fillettes du peuple en simple bonnet rond.
La bonne sœur ! Jamais on ne lit sur son front
L'ennui de répéter les choses cent fois dites !
Et, sur les premiers bancs, où sont les plus petites,
Elle ne veut pas voir tous les yeux épier
Un hanneton captif marchant sur du papier.

XIX

En province, l'été. Le salon Louis Seize
S'ouvre sur un jardin correct, à la française;
Des ormeaux ébranchés, deux cygnes, un bassin;
Une petite fille, assise au clavecin,
Joue, en frappant très clair les touches un peu dures,
Un andante d'Haydn plein d'appogiatures.
Et le grand-père, un vieux en ailes de pigeon,
Se rappelle, installé dans son fauteuil de jonc,
Le temps où, beau chasseur, il courait la laitière,
Et marque la mesure avec sa tabatière.

XX

Depuis que son garçon est parti pour la guerre,
La veuve met les deux couverts comme naguère,
Sert la soupe, remplit un grand verre de vin,
Puis, sur le seuil, attend qu'un envoyé divin,
Un pauvre, passe là pour qu'elle le convie.
Il en vient tous les jours. Donc son fils est en vie,
Et la vieille maman prend sa peine en douceur.
Mais l'épicier d'en face est un libre penseur
Et songe : « Peut-on croire à de telles grimaces?
Les superstitions abrutissent les masses. »

XXI

N'est-ce pas? ce serait un bonheur peu vulgaire
D'être, non pas curé, mais seulement vicaire
Dans un vieil évêché de province, très loin,
Et d'avoir tout au fond de la nef, dans un coin,
Un confessionnal recherché des dévotes.
On recevrait des fruits glacés et des compotes;
On serait latiniste et gourmand achevé;
Et, par la rue où l'herbe encadre le pavé,
On viendrait tous les jours une heure à Notre-Dame,
Faire un somme, bercé d'un murmure de femme.

XXII

Il a neigé la veille et, tout le jour, il gèle.
Le toit, les ornements de fer et la margelle
Du puits, le haut des murs, les balcons, le vieux banc,
Sont comme ouatés, et, dans le jardin, tout est blanc.
Le grésil a figé la nature, et les branches
Sur un doux ciel perlé dressent leurs gerbes blanches.
Mais regardez. Voici le coucher du soleil.
A l'occident plus clair court un sillon vermeil.
Sa soudaine lueur féerique nous arrose,
Et les arbres d'hiver semblent de corail rose.

XXIII

De la rue on entend sa plaintive chanson.
Pâle et rousse, le teint plein de taches de son,
Elle coud, de profil, assise à sa fenêtre.
Très sage et sachant bien qu'elle est laide peut-être,
Elle a son dé d'argent pour unique bijou.
Sa chambre est nue, avec des meubles d'acajou.
Elle gagne deux francs, fait de la lingerie
Et jette un sou quand vient l'orgue de Barbarie.
Tous les voisins lui font leur bonjour le plus gai
Qui leur vaut son petit sourire fatigué.

XXIV

Dans ces bals qu'en hiver les mères de famille
Donnent à des bourgeois pour marier leur fille,
En faisant circuler assez souvent, pas trop,
Les petits-fours avec les verres de sirop,
Presque toujours la plus jolie et la mieux mise,
Celle qui plaît et montre une grâce permise,
Est sans dot, — voulez-vous en tenir le pari ? —
Et ne trouvera pas, pauvre enfant, un mari.
Et son père, officier en retraite, pas riche,
Dans un coin, fait son whist à quatre sous la fiche.

XXV

Comme à cinq ans on est une grande personne,
On lui disait parfois : « Prends ton frère, mignonne, »
Et, fière, elle portait dans ses bras le bébé.
Quels soins alors ! L'enfant n'était jamais tombé.
Très grave, elle jouait à la petite mère.
Hélas ! le nouveau-né fut un ange éphémère.
On prit sur son berceau mesure d'un cercueil ;
Et la sœur de cinq ans a des habits de deuil,
Ne parle ni ne joue et, très préoccupée,
Se dit : « Je n'aime plus maintenant ma poupée. »

XXVI

Je rêve, tant Paris m'est parfois un enfer,
D'une ville très calme et sans chemin de fer,
Où, chez le sous-préfet, en vieux garçon affable,
Je lirais, au dessert, mon épître ou ma fable.
On se dirait tout bas, comme un mignon péché,
Un quatrain très mordant que j'aurais décoché.
Là, je conserverais de vagues hypothèques.
On voudrait mon avis pour les bibliothèques;
Et j'y rétablirais, disciple consolé,
Nos maîtres, Esménard, Lebrun, Chênedollé.

XXVII

Vous êtes dans le vrai, canotiers, calicots!
Pour voir des boutons d'or et des coquelicots,
Vous partez, le dimanche, et remplissez les gares
De femmes, de chansons, de joie et de cigares,
Et, pour être charmants et faire votre cour,
Vous savez imiter les cris de basse-cour.
Vous avez la gaîté peinte sur la figure.
Pour vous, le soir qui vient, c'est la tonnelle obscure
Où, bruyants et grivois, vous prenez le repas;
Et le soleil couchant ne vous attriste pas.

XXVIII

Assis, les pieds pendants, sous l'arche du vieux pont,
Et sourd aux bruits lointains à qui l'écho répond,
Le pêcheur suit des yeux le petit flotteur rouge.
L'eau du fleuve pétille au soleil. Rien ne bouge.
Le liège soudain fait un plongeon trompeur,
La ligne saute. — Avec un hoquet de vapeur
Passe un joyeux bateau tout pavoisé d'ombrelles;
Et, tandis que les flots apaisent leurs querelles,
L'homme, un instant tiré de son rêve engourdi,
Met une amorce neuve et songe: — Il est midi.

XXIX

Malgré ses soixante ans, le joyeux invalide
Sur sa jambe de bois est encore solide.
Quand il touche l'argent de sa croix, un beau soir,
Il s'en va, son repas serré dans un mouchoir,
Et, vers le Champ de Mars, entraîne à la barrière
Un conscrit, le bonnet de police en arrière;
Et là, plein d'abandon, vers le pousse-café,
Son bâton à la main, le bonhomme échauffé
Conte au jeune soldat et lui rend saisissable
La bataille d'Isly qu'il trace sur le sable.

XXX

Sur un trottoir désert du faubourg Saint-Germain,
Près d'un discret abbé qui lui donne la main,
Le marquis de douze ans vient de la messe basse :
En noir, en grand col blanc, timide et fier, il passe,
Mais chétif et pâli par un sang trop ancien ;
Et nul ne porte un nom plus fameux que le sien.
Il rentre, c'est le jour de sa leçon d'histoire ;
Et le prêtre médite une ruse oratoire
Pour dire au noble enfant en des termes adroits
Ce que fut son aïeul, mignon de Henri Trois.

XXXI

Elle sait que l'attente est un cruel supplice,
Qu'il doit souffrir déjà, qu'il faut qu'elle accomplisse
Le serment qu'elle a fait d'être là, vers midi.
Mais, parmi les parfums du boudoir attiédi,
Elle s'est attardée à finir sa toilette,
Et, devant le miroir charmé qui la reflète,
Elle s'impatiente à boutonner son gant;
Et rien n'est plus joli que le geste élégant
De la petite main qui travaille; et, mutine,
Elle frappe le sol du bout de sa bottine.

XXXII

De même que Rousseau jadis fondait en pleurs
A ces seuls mots : « Voilà de la pervenche en fleurs, »
Je sais tout le plaisir qu'un souvenir peut faire.
Un rien, l'heure qu'il est, l'état de l'atmosphère,
Un battement de cœur, un parfum retrouvé,
Me rendent un bonheur autrefois éprouvé.
C'est fugitif, pourtant la minute est exquise.
Et c'est pourquoi je suis très heureux à ma guise
Lorsque, dans le quartier que je sais, je puis voir
Un calme ciel d'octobre, à cinq heures du soir.

XXXIII

Le printemps est charmant dans le Jardin des Plantes.
Les cris des animaux, les odeurs violentes
Des arbres et des fleurs exotiques dans l'air,
Cette création, sous un ciel pur et clair,
Tout cela fait penser au paradis terrestre ;
Et tout en écoutant, sous un sapin alpestre,
Le grondement profond des lions en courroux,
On regarde, devant les naïfs tourlourous,
Tendant la trompe, avec ses airs de gros espiègle,
L'éléphant engloutir les nombreux pains de seigle.

XXXIV

En plein soleil, le long du chemin de halage,
Quatre percherons blancs, vigoureux attelage,
Tirent péniblement, en butant du sabot,
Le lourd bateau qui fend l'onde de l'étambot;
Près d'eux, un charretier marche dans la poussière.
La main au gouvernail, sur le pont, à l'arrière,
N'écoutant pas claquer le brutal fouet de cuir,
Et regardant la rive et les nuages fuir,
Fume le marinier, sans se fouler la rate.
— « Le peuple et le tyran! » me dit un démocrate.

XXXV

Près du rail où souvent passe comme un éclair
Le convoi furieux et son cheval de fer,
Tranquille, l'aiguilleur vit dans sa maisonnette.
Par la fenêtre, on voit l'intérieur honnête,
Tel que le voyageur fiévreux doit l'envier.
C'est la femme parfois qui se tient au levier,
Portant sur un seul bras son enfant qui l'embrasse.
Jetant son sifflement atroce, le train passe
Devant l'humble logis qui tressaille au fracas.
Et le petit enfant ne se dérange pas.

XXXVI

L'allée est droite et longue, et sur le ciel d'hiver
Se dressent hardiment les grands arbres de fer,
Vieux ormes dépouillés dont le sommet se touche.
Tout au bout, le soleil, large et rouge, se couche.
A l'horizon il va plonger dans un moment.
Pas un oiseau. Parfois un lointain craquement
Dans les taillis déserts de la forêt muette ;
Et là-bas, cheminant, la noire silhouette,
Sur le globe empourpré qui fond comme un lingot,
D'une vieille à bâton, ployant sous son fagot.

XXXVII

Hier, sur une grand'route où j'ai passé près d'eux,
Les jeunes sourds-muets s'en allaient deux par deux,
Sérieux, se montrant leurs mains toujours actives.
Un instant j'observai leurs mines attentives
Et j'écoutai le bruit que faisaient leurs souliers.
Je restai seul. La brise en haut des peupliers
Murmurait doucement un long frisson de fête;
Chaque buisson jetait un trille de fauvette,
Et les grillons joyeux chantaient dans les bleuets.
Je penserai souvent aux pauvres sourds-muets.

XXXVII

Comme le champ de foire est désert, la baraque
N'est pas ouverte, et sur son perchoir le macaque
Cligne ses yeux méchants et grignote une noix
Entre la grosse caisse et le chapeau chinois;
Et deux bons paysans sont là, bouche béante,
Devant la toile peinte où l'on voit la géante,
Telle qu'elle a paru jadis devant les cours,
Soulevant décemment ses jupons un peu courts
Pour qu'on ne puisse pas supposer qu'elle triche,
Et montrant son mollet à l'empereur d'Autriche.

XXXIX

J'écris ces vers, ainsi qu'on fait des cigarettes,
Pour moi, pour le plaisir; et ce sont des fleurettes
Que peut-être il valait bien mieux ne pas cueillir;
Car cette impression qui m'a fait tressaillir,
Ce tableau d'un instant rencontré sur ma route,
Ont-ils un charme enfin pour celui qui m'écoute?
Je ne le connais pas. Pour se plaire à ceci,
Est-il comme moi-même un rêveur endurci?
Ne peut-il se fâcher qu'on lui prête ce rôle?
— Fi donc! lecteur, tu lis par-dessus mon épaule.

TABLE

Paris. — Imprimerie A. LEMERRE, 25, rue des Grands-Augustins.

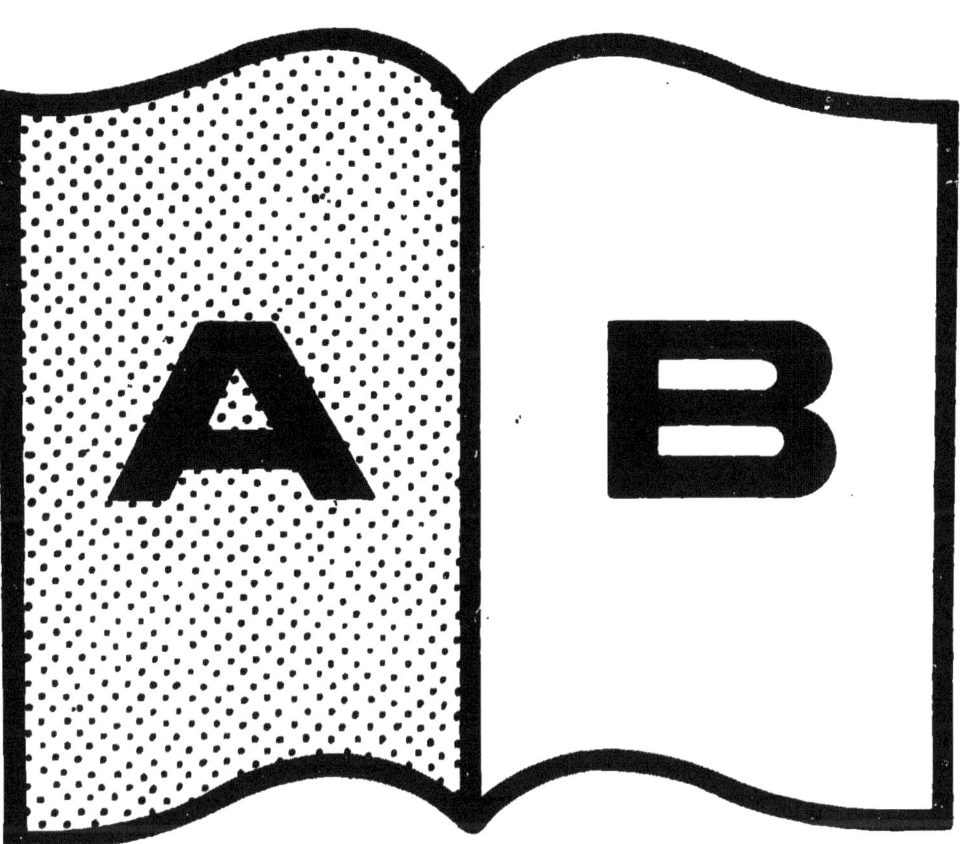

Contraste insuffisant

NF Z 43-120-14

9 782013 635202